HENRIQUE DUARTE NETO

SUCUPIRA NÃO É AQUI?

KOTTER EDITORIAL

Coordenação Editorial: Sálvio Nienkötter, Nicodemos Sena
Editor-Executivo: João Lucas Dusi
Editor-adjunto: Daniel Osiecki, Claudecir de Oliveira Rocha
Capa: Jussara Salazar
Design editorial: Carlos Garcia Fernandes
Produção: Cristiane Nienkötter
Revisão e preparação de originais: O Autor

Dados Internacionais de Catalogação na Publicação (CIP)
Angelica Ilacqua CRB-8/7057

Duarte Neto, Henrique
Sucupira não é aqui? / Henrique Duarte Neto. — Curitiba : Kotter Editorial, 2023.
72 p.

ISBN 978-65-5361-215-0

1. Poesia brasileira I. Título

CDD B869.1

23-4314

KOTTER EDITORIAL

Kotter Editorial Ltda
Rua das Cerejeiras, 194
CEP: 82700-510 - Curitiba - PR
Tel. + 55(41) 3585-5161
www.kotter.com.br | contato@kotter.com.br

Feito o depósito legal
1ª Edição
2023

HENRIQUE DUARTE NETO

SUCUPIRA
NÃO É AQUI?

Para Marta, Michael, Denise, Helena e Francisco, o núcleo familiar, por tudo!
Para o poeta Alexei Bueno, um estupendo instigador...
Para o poeta Claudio Willer (in memoriam), que me ajudou a ver, por entre poemas e livros, a dimensão fantástica dos sonhos e da vida.

"O riso ou a morte, é um pouco o dilema do mundo contemporâneo, depois de ter esgotado todas as justificativas sérias da vida."

Georges Minois, *História do riso e do escárnio*, na tradução para o português de Maria Elena O. Ortiz Assumpção.

"Garçom, traz mais uma cerva/ bem gelada!"

O leitor desavisado que não se deixe enganar pela indagação no título deste novo livro de Henrique Duarte Neto. De forma alguma ele expressa uma dúvida, pois reafirma antes a veemência irônica de constatar afirmativamente a naturalização do absurdo que leva à certeza de se dizer que, sim, Sucupira é aqui, onde tudo é possível acontecer.

E, nestes últimos anos, tendo à memória o que foi o país, tudo aconteceu de tal forma que aquela minúscula cidade imaginada por Dias Gomes, a Sucupira do histriônico prefeito Odorico Paraguaçu, de *O bem-amado*, pareceu confirmar a metonímia insinuada por Henrique: deixando de ser apenas a metáfora imaginada por Gomes, Sucupira cresceu de forma espetacular e se tornou o país.

O Bem Amado demagogo e corrupto que iludia o povo simplório daquela pequena Sucupira, no litoral baiano, com seus discursos inflamados e verborrágicos, reencarnou sem farda, em fraldas (fraudes?!) geriátricas, num recruta zero, agora felizmente já decaído do cargo e muito ocupado em dar explicações à Justiça, após um período sintetizado num dos poemas: "Um Grão-duque expõe planos mirabolantes.../ Toda a tropa perdeu as calças e os fundilhos.../ Choram as viúvas de um palhaço sem graça.../ Já o cortejo espera pelo troar do clarim...".

Essa Sucupira transtornada e transformada, transparecendo querer retornar à farra com a constatação de que "O clima esquentou", pede: "Garçom, traz mais uma cerva/ bem gelada!". O lírico já etílico a essa altura carnavaliza em comparações inauditas o "Fim do Mundo": "O apocalipse/ e a apólice de seguro" – "O juízo final/ e o juiz de futebol". Nesse lugar fantasioso o que resta do legado grego não são filosofia, olimpíadas, tragédias, mas o beijo grego!

Por isso, ainda que se vislumbre um senso de humor que tenta superar a ressaca, são notáveis as indagações poéticas que tateiam a identidade com a sensação de estranhamento: "tudo é miragem?/ contemplo o espelho/ e não me reconheço!". O credo, um esgar, é apresentado desconcertante e enfraquecido: "entre a devoção e o rito,/ um hiato, um vazio,/ locus de um deus claudicante."

A consumição da natureza aponta a incontestável consumição do corpo e, diante desse impasse, sem futuro, resta a evocação do passado com amargor: o pau-brasil virou mastro de mentecaptos em meio a viúvas de vivos, fagueiras na fantasia da extinção do outro.

Daí que entre o "crer e maldizer" da "nação vira-lata", resta o senso de humor poético que tenta saídas nas constatações irônicas: o poeta marginal enriqueceu e, da Grécia, o legado que restou é o beijo grego. Estamos, portanto, em meio a um Humano Colapso anunciado, daí que, ué, "Sucupira não é aqui?", então só resta ser enfático: "Garçom, traz mais uma cerva/ bem gelada!"

Ademir Demarchi

Sumário

Prole especial	19
Versos de boteco	19
O ópio do povo	20
Malícia	21
3 x 3	21
(UNI)Verso	22
Exceções à regra	23
Limitação de escopo	23
ARS I	24
Horror	25
Liturgia da descrença	25
Sucupira não é aqui?	26
ARS II	27
Helenotopia	28
Na sala de autópsia	29
Pieguice ou nada	29
Vivências	30
Humano colapso	32
De um deturpador de Mallarmé	32
Ruínas	32
É...	33

Ser poeta 34
Abelhas 35
Terceto comezinho 36
Shakespeare 36
Primeiro amor 37
Dois amores 37
Ser o que se é 38
Coração 38
Fim do mundo 39
As amazonas 39
Imponente legado 40
Imaginando a razão 40
Que é o nada? 41
Rir melhor 41
Filosofia da roça 42
Do cético 42
O porta-voz 43
Fino fio fatal 43
Autoajuda às avessas 44
A viuvinha 44
Soma 45
Politeísmo 45
Amor venenoso 46

Os mentecaptos 46
Do pouco e do razoável 47
Sem lugar 47
Ninharias do colossal 48
Estilingada 49
Compensações 50
Erotismos 50
Mundo fulgurante 51
Ilusão 52
Quadra de força 52
Da paz à guerra, levando ao sexo 53
Terceto aliterante 53
John Cage 54
Amar: até quando? 54
Amor platônico 55
Ardorosa fuga 55
Poetas 56
Derradeira alegria 56
Coraçãozinho romântico 57
Aquele que se recolheu 58
Ladainha reacionária 59
Cristo 60
E se...? 60

Ou isto ou aquilo	61
69	61
Astro-rei	62
Visão abissal	62
Ser ou não-ser	62
O processo	63
Heterogeneidade	63
Para além de Inês	63
Do mistério	64
Da amargura	64
Determinismo	64
A regra do jogo	65
Invocação aos anjos	65
Da criação divina e humana	66
Espelho surrealista (anedota poética)	66
Epitáfio para a bomba atômica	67
Saber é sofrer	67
Japa girl	68
Da podridão	68
1991 (Pequeno/grande réquiem)	69
Os papas	69

Prole especial

Poemas são filhos
lançados ao mundo!

Alguns renegados,
pobres bastardos...

Outros cobertos
de glórias e mimos!

Versos de boteco

Garçom, traz mais uma cerva
bem gelada!
O clima esquentou,
valeu a cantada.

O ópio do povo

No passado, o ópio do povo
era a igreja.
Agora, em tempos mais etílicos,
é a cerveja.

No passado, o ópio do povo
era o capital minimamente disseminado.
Agora, em tempos mais lúgubres,
é o capital exclusivo, privado.

No passado, o ópio do povo
era o bom futebol.
Agora, em tempos mais frívolos,
é reality show, besteirol.

No passado, o ópio do povo
era a ideia do paraíso.
Agora, em tempos mais mercadológicos,
é lucrar, desdenhando o último juízo.

Malícia

– Todo mal é condenável?
– Não! Há o mal feito delícia, a malícia.

3 x 3

A lavoura,
a prece,
a singeleza.

A manjedoura,
a messe,
a grandeza.

A intercessora,
a benesse,
a fortaleza.

(UNI)Verso

Entre a apatia e a saudade,
segue flertando com o tédio
este eu vagamundo.

Sou uma sombra de meu passado,
de meu próprio eu anterior.
Fluxo de exorbitâncias...

De um trago a outro,
a fluidez da consciência:
Mar aspirado por sóis negros!

Vertigens, calafrios, espasmos...
Escarros de um beberrão rudimentar!
A doença geral não é lenda.

O fluxo e o refluxo das coisas,
a ampla variação entre o tudo e o nada,
convenientes para a alma ser mais e menos.

O universo converte-se em poema,
e o poeta, contumaz criador,
enceta a criação rara e feliz.

Exceções à regra

Nem todo esteta é poeta.
Nem todo poeta é profeta.
Nem todo profeta é pateta.
Nem todo pateta é esteta.

Limitação de escopo

Enquanto a vã filosofia sonha
e a pretensiosa ciência divaga,
a obscurantista religião ilude.

ARS I

À mercê do inefável.
À espera do inimaginável.
Ser volúvel buscando amparo.

Medeias, Medusas, Pandoras
da agonia e do desastre,
destino transformado em arte.

Glutonarias melômanas,
ressoa em seu peito
o dó do mais cavernoso lamento.

Formas formosas, formosuras,
toda a criação é elo
de consonante e dissonante veio.

Que vida enseja consumição?
Que arte traduza perfeição?
Seja o criador o operário-padrão!

Que não macule vida e arte,
e não esqueça que mais que glória,
sua luta é jogo e história.

Horror

Tudo é miragem?
Contemplo o espelho
e não me reconheço!

Liturgia da descrença

Entre a devoção e o rito,
um hiato, um vazio,
locus de um deus claudicante.

Sucupira não é aqui?

Ahhhhhhhh! espinhaços da dor
e da melancolia.
Fla-Flus de priscas e saudosas
eras.

Contingências, afãs, contingências,
de paquidermes afundando
em nuvens de groselha.

Prenhe de sustenidos estridentes,
marcha a humanidade...
Fagocitose primeva, manjar cabloco,
ruína das violáceas.

Sucupira não é aqui! Ou é?!
Liquidação dos liquens liquefeitos –
Bebida e luxúria!

ARS II

O tremendo delirium tremens.
A portentosa porta da esperança.
A verídica doença venérea.
A ferruginosa chave de ferrugem.
O vetusto anjo augusto.
O escarlate artefato de arte.

Tudo conflui para o poeta ser
grande e pequeno.
Mônada amplificada, guerrilheiro
do pacifismo.
Velho Zuza, decodificador
de totens ancestrais.

Na sua surrealidade imemorial,
abraça o novíssimo e o arcaico.
Espezinha o clown e a sua boiada,
sob o rufar de repiques e tamborins,
com a matilha dos cães do bom senso
a impulsioná-lo à vigília.

Borbulhante vate! Como é belo
o farfalhar do verbo em teus versos!
O brilho que reluz aqui
não é ilusório.
Mas do espírito que cria na arte
e na vida, se constroem significações.

Helenotopia

O fulcro da psicogenética vingança,
cedo ou tarde se fez práxis e ideia.
Rojões de teleológicos dizeres,
suplantaram as galhofas de misereres infandos.

O infante não perdeu a coroa.
Sócrates vive apesar da cicuta.
Aldeães e nobres sabem que a verdade
reside na razão desvairada.

Éfeso, Eleia, Mileto, Atenas...
Lares da Filosofia primeira,
aurora dos elementos primordiais:
Sabujice? Não! Saber originário!

Templários sagrados do conhecimento,
Grécia, mil vezes afeita aos superlativos,
às indagações pelo onde, como e porquê,
sobrevoos na órbita do verossímil.

Na sala de autópsia

Entre a análise minuciosa
de um cadáver e outro,
o médico-legista não
esquece de sua dieta:
Uma maçã
e quatro bolachas água e sal.

Pieguice ou nada

O amor é piegas!
Mas a solidão é triste!

Vivências

Viver a vida,
de preferência em alta voltagem,
prescindindo da serenidade,
veio quase inatingível.

Vivências... daqueles que ignoram
a beatitude que há no ato de se elevar,
transpondo a urgência do agora
e a retumbância do há pouco.

Vitimizar ou vilanizar, vis querelas!
O humano esforço tende a fraudar
aparentes bons princípios e intenções,
vitaminas indigestas e vomitivas!

O raio laser que atravessa os corpos,
desperta em mim, em ti, em nós,
as pestilências verde-amarelas
da civicomicagem mais rasteira.

Vivências... vislumbrar o ignoto véu,
a fórmula ainda não formulada,
cara e coroa da moeda valiosa,
salvaguardando viscosidades etéreas.

O amplíssimo átrio é espaço
para convescotes, peraltices e desfiles.
Não! A horda nefasta não passará,
será contida em seu frisson ebúrneo.

Vivências... as sanguessugas devoram
os paramentos das noivas e das daminhas!
Solidificam-se os sons de vagas antífonas,
morrendo exaustos os sacros cantores.

Um Grão-duque expõe planos mirabolantes...
Toda a tropa perdeu as calças e os fundilhos...
Choram as viúvas de um palhaço sem graça...
Já o cortejo espera pelo troar do clarim...

Vivências... a alameda se alarga ao cão.
A nação vira-lata reza e impreca,
expressando sua dúbia tendência:
Crer e maldizer.

Humano colapso

Ele se sentou, chorou, bebeu...
As damas não aliviaram sua dor –
somente a bala na testa!

De um deturpador de Mallarmé

Um lance de sorte
jamais abolirá
minhas mandingas.

Ruínas

Foi-se a colorida era!
Restou o cinza do agora,
e a anticor do amanhã.

É...

É o cruz-credo do medo e do desastre.
É a balalaica da paixão e do talento.
É o vertedouro da aridez e da orfandade.
É o pirlimpimpim da inocência e da saudade.
É o fois gras da gula e da inclemência.

É o cruz-credo do medo...
É a balalaica da paixão...
É o vertedouro da aridez...
É o pirlimpimpim da inocência...
É o fois gras da gula...

É o cruz-credo...
É a balalaica...
É o vertedouro...
É o pirlimpimpim...
É o fois gras..

É...
É...
É...
É...
É...

Ser poeta

Sou poeta! E minha ociosidade
é meu álibi e meu maior tesouro!
Cascatas de imagens e metáforas
não dizem exatamente quem sou,
na medida que é na inércia,
na ausência de inspiração
e do ato de propriamente criar,
que melhor avisto o enigma do eu.

Ser poeta! É perscrutar no íntimo
a subida pedregosa,
entre rarefação e vertigem.
As escarpas, tenazmente vencidas,
revelam que há uma tendência
a sucumbir ao monumental!
A linguagem, e seu avesso,
intercambiam miríades: ...sofreguidão!

Ser poeta! Das planícies aos cimos...
Entre a aurora e o crepúsculo...
Esplendor solar e penumbra lunar...
O toque no espectro e na materialidade
mesmas do maravilhoso e do deletério,
forças opostas a integrar os entes.
Ser poeta! Divindade prodigiosa
e infecunda – sublime ambiguidade!

Abelhas

Criadora sofisticada, ágil...
Chamam-te de operária,
incansável proletária do mel
e da polinização:
Abelha!

Entre zum-zuns frenéticos,
és uma ameaça àqueles alérgicos,
que, diante de uma ferroada tua,
podem até ser levados
pela dama do último instante!

Nos teus voos em zigue-zague,
perfaz as mais engenhosas parábolas,
que nem da Vinci e Dumont
puderam, em seu gênio pioneiro,
traçar ou prever.

As pessoas mais curiosas,
que intervêm na seara alheia,
recebem a alcunha de "abelhudos".
Faz jus essa má fama às abelhas?
Mereceriam mais solidariedade!...

Sua escassez, prenúncio talvez
de uma futura extinção,
lembra que somos responsáveis,
que somos todos responsáveis
pelo mais doce dos seres!

Terceto comezinho

De alhos e bugalhos,
caras e caretas,
poses e posições.

Shakespeare

E se Ofélia fosse uma rameira
e Hamlet um cafetão?
Julieta uma ninfomaníaca
e Romeu um poltrão?
Desdêmona uma manipuladora dissimulada
e Iago um inofensivo espião?

Ler Shakespeare seria ainda mais prazeroso,
uma rica imersão!

Primeiro amor

O amor é interesseiro
e já começa cedo,
pois o que o bebê mais ama
é a mama!

Dois amores

Se amas ao feio,
na beleza da feiura
encontraste um esteio.

Se amas ao belo,
na harmonia consonante
resgataste teu elo.

Ser o que se é

Quis ser um Mozart:
Não aprendi a compor.

Quis ser um Rafael:
Nem peguei os pincéis.

Fui eu mesmo:
Escrevi uns versinhos.

Coração

Meu coração é ordinário,
distinto daquele
do poeta de Itabira.
Por isso,
vacilo e calo.

Fim do mundo

O apocalipse
e a apólice de seguro.

As trevas
e as folhas de trevo.

O juízo final
e o juiz de futebol.

As amazonas

As amazonas, guerreiras,
não fogem do combate,
especialmente com as companheiras.
Luta entre delicadas pétalas.

Imponente legado

– Qual o maior legado dos gregos?
– A filosofia?
– As olimpíadas?
– As tragédias?...
– Não! O beijo grego.

Imaginando a razão

Razão também seria:
– Imagem na ação?
– Introspecção?

Visão paradoxal:
– Poço raso!
– Poça funda!

Que é o nada?

Fartura da falta?
Retumbância silenciosa?
Certeza incerta?
Absoluto contingente?
Eternidade vazia?...

Rir melhor

Ri melhor
quem ri com gosto.

Na vida,
há poucas coisas
que diminuem o desgosto.

Filosofia da roça

O desacorçoado
vê até na palha do milho
só ruína:
Niilismo caipira.

Do cético

O cético espreita,
não afirma.
Acolhe,
sem intencionar.
Questiona,
não alardeia.

É o esplendor
no lusco-fusco,
a forma do efêmero
e do sublime
resguardarem
valor e intimidade.

O porta-voz

Nada valendo esta vida,
nem sequer
um tímido suspiro:

É preferível ouvir
um cético de província,
que um deslumbrado
idealista das metrópoles!

Fino fio fatal

Desengano, logro, humilhação...
A fúria e seu estilete
na jugular da soberba.

Autoajuda às avessas

Tudo é fantasmagoria, ilusão,
caminho doloroso e daninho,
fonte de comiseração.

A viuvinha

A viúva de um vivo,
viuvinha lépida e fagueira,
entregando-se por inteira.

Soma

Some-se a isto, aquilo.
E aquilo, aquilo outro.
E tudo estará bem somado!

Politeísmo

Pelos colhões de Osíris.
Pela cachaça de Dionísio.
Pelos abracadabras bruxescos.
Pelos feitiços de Odin.
Pela carranca do Pai Preto.
Pelo cajado de Moisés.
Pelos pentelhos de Penélope.
Pelo criado e pelo incriado.
Pelo Deus feito menino...

Cresce a torrente mística
e preso à necessidade de crer,
o ser humano reverencia seus deuses,
criados à sua semelhança.

Amor venenoso

– Cianureto, cicuta, estricnina,
e se preciso mais algum pesticida...
– Amo-te, até que a tua morte nos separe!

Os mentecaptos

Do pau-brasil
à pátria num mastro:

O impávido colosso
tão propalado?

Pura brochada
da horda pseudocívica!

Do pouco e do razoável

– Fosse uma e seria pouco.
– Fossem duas, também.
– Fossem três e iniciaria uma coleção!

Sem lugar

Sem rumo e sem direção.
Sem remo e sem destino.
Sem rima e sem eufonia.

Ninharias do colossal

Consciência:
Ferrugem,
puro dejeto.

Amor:
Nem um níquel,
valor abjeto.

Sabedoria:
Falso ouro,
ciência sem objeto.

Estilingada

Ébrio de furor e de revolta
manejo minha arma para o
contragolpe final:
E dou a estilingada certeira
nos lobos da vileza.

Mero Davi contra o Golias
da desfaçatez e do desdém,
empreendo forças para além
da minha condição natural,
como se fosse o ungido.

O vilão – e seu séquito –,
conhecido por sua força
de produzir discursos,
de criar versões dos fatos,
não resiste ao meu estilingue.

É minha arma, instrumento
que não mata, mas amedronta,
a portadora de miraculosos
e potentes efeitos:
Magia da expressão poética.

Ao ironizar e satirizar
a nudez do rei, que,
equivocadamente, pensa
que a voz do poeta é inaudível,
marco um tento lírico e tanto.

Compensações

Apesar dos pesares:
Há outros mares, para além do Mar Morto...
Há outras plantas, para além das carnívoras...
Há outros animais, para além dos selvagens...
Há outras florestas, para além das já destruídas...
Há outros políticos, para além dos fascistas...
Há outros crentes, para além dos fanáticos...
Há outros humanos, para além dos inumanos...

Erotismos

A câmera oculta.
O kama sutra.
A tv adulta.

Mundo fulgurante

Num zás me vem à mente e ao coração:
Todas as peripécias de Zás-Trás...
O mundo multicolorido do Sítio
do Pica-Pau Amarelo...
A beleza e a doçura de Lucélia Santos,
em Escrava Isaura...
Os desenhos animados de uma época
de encantamento...
A seleção brasileira da Copa de 82,
que não conquistou o título,
mas me arrebatou...

E a TV virou naquela época tela mágica,
expressão de uma forma de se abrir
para um mundo fulgurante!

Ilusão

Solitária esperança humana!
Tônico dos tônicos!
Único elixir vital!

Quadra de força

A força de um
pode ressoar em muitos.
A força de muitos
deve ressoar em um.

Da paz à guerra, levando ao sexo

Pacifismo: Gandhi.
Violência: Grande.
Excitação: Glande.

Terceto aliterante

Vento veloz da desventura,
vences o vasto e vão vigor,
a vil matéria volúvel!

John Cage

Asceta dos sons,
profeta do silêncio.

Amar: até quando?

Amávamos, amamos, amaremos.
E desta toada
não sobrará nada
no final dos tempos...

Amor platônico

– O amor platônico é um sentimento anacrônico?
– É muito mais um querer não-querendo irônico!

Ardorosa fuga

Teu coração
me acalenta e promete
dias melhores...

Embora, abrasado,
prefira partir
a qualquer hora!

Poetas

O poeta árcade contemplou...
O poeta romântico sofreu...
O poeta marginal enriqueceu...

Derradeira alegria

Ao verme do verme,
só a ele cabe
(em última instância)
a alegria funesta.

Coraçãozinho romântico

Vandalizaste
meu coração
tornando-o
chaga aberta!...

Teu sorriso
e simpatia
levaram-me a crer
no impossível...

Que tinhas por
mim bem mais que
consideração:
Um amorústico sentimento!

Como sempre
fui o estúpido
estopim
de tudo!

Aquele que se recolheu

Para o santo
tudo é bem-vindo,
menos o que o tira
de seu propósito...

Experimenta:
A consciência,
a espiritualidade,
o ascetismo...

Daí que percebe, entre tramas:
A vastidão enamorada do nada.
O nada projetado em tudo.
O bem-aventurado Nirvana.

Ladainha reacionária

Bandeira,
hino,
nação.

Família,
Deus,
tradição.

Elite,
mercado,
privatização.

Ditadura,
preconceito,
corrupção.

Cristo

O amor e o pietismo
acima de tudo!...

Quando Cristo será entendido?
Quando Cristo estará na crista
da onda pelo real motivo?

E se...?

E se ao invés de programa para fumantes
fosse um programa funéreo?

E se ao invés de cirurgião dentista
fosse um cirurgião dantesco?

E se ao invés de casa de misericórdia
fosse uma casa de meretriz?

E se ao invés de poeta visionário
fosse um poeta vexatório?

Ou isto ou aquilo

A morte:
Má sina
ou boa sorte?

A vida:
Flor menina
ou sopro torpe?

O tempo:
Hora mufina
ou constante recorte?

69

Na prova dos nove,
o 69 obtém louvor e distinção,
nada que não se aprove,
tudo uma questão de tesão.

Astro-rei

Sol: pulsão maior,
natureza e deserto,
labaredas íntimas.

Visão abissal

Laranja rugosa:
A lua no abismo
de minhas retinas.

Ser ou não-ser

– É claro que não sou!
– Pensando bem, talvez seja!
– Sou, mas nem sempre!

O processo

O réu e o juiz.
O delito e a pena.
A força e a forca.

Heterogeneidade

Há uns de mãos dadas.
Alguns de mãos armadas.
Outros no meio do caminho.

Para além de Inês

E agora que a Inês é morta?
Vejamos a Abigail, que está senil,
e a Ana, que anda toda torta!

Do mistério

Vastidão intransponível,
o olho da metafísica arcana,
apanágio de Deus incoercível.

Da amargura

Acabou-se o que era doce:
Restou amargura para toda uma vida
e um bocadinho de eternidade!

Determinismo

Foram-se os dentes...
Cessou a vontade de morder!

A regra do jogo

É tanto lá como aqui,
o acúmulo de esforços vãos.

É tanto aqui como lá,
a irrupção de anseios infames.

É em todo lugar,
a soma de despropósitos.

Invocação aos anjos

De almofadinhas a zés bonitinhos sem noção...
De cavalgaduras a filisteus hostis...
De peruas ao gado mais belicoso...
De radicais a fanáticos insanos...
De naciofascistas a patrincendiários explosivos...
Todas as legiões angélicas nos salvem!
Nos livrem e nos salvem!

Da criação divina e humana

– Fiat lux!
– Fiat uno!

Espelho surrealista (anedota poética)

A Madrasta num rompante:
– Espelho, Espelho meu...
  Mais bela no vigor sou eu,
  ou O Anjo Exterminador?
– É a película de Buñuel,
  envolta em tensão cruel!
– E qual tem maior glória,
  eu ou A Persistência da Memória?
– A tela de Dalí,
  tem maior brilho em todo o mundo,
  inclusive aqui!
– Perto de mim, não te parece
  A História do Olho algo enfadonho?
– Não! De modo algum! O livro de Battaille
  tem força e expressão em cada detalhe!
Ploft! A Madrasta quebrou o Espelho...
Advinhando os comentários
desfavoráveis também
na comparação com belas mulheres...

Epitáfio para a bomba atômica

– Podes tudo?
– Pó de tudo!

Saber é sofrer

Quem sabe mais?
Aquele que mais sofre.
O imune às ilusões.

Japa girl

Nunca tive uma namoradinha
oriental.
Nem sequer passei alguns instantes
com uma gueixa tupiniquim.
Apesar da atração que sempre senti.
Penso que perdi a oportunidade,
agora que a idade vem chegando.
Uma japa girl,
expressão do bom Supla,
parece ser algo inconcebível hoje.
Uma lacuna na história amorosa modesta
deste poetinha interiorano!

Da podridão

Chagas, pústulas, miasmas...
Sortilégios para Dona Morte:
– Doces emanações!

1991 (Pequeno/grande réquiem)

Foi-se... o martelo!
Foi-se... a foice!

Os papas

Os papas de nome Pio
eram realmente pios?
Os de nome Clemente
eram realmente clementes?
Não sei! Prefiro Francisco,
humilde e precioso como um chico,
discreto como um cisco.

pólen bold 90 gr/m2
tipologia garamond
impresso no inverno de 2023